Sasurai Go

郷 流離

心のページ

文芸社

心の一ページ／目次

心の一ページ　1

「あさがお」

（１９６１　夏休み）

おかあさん
あさがおね
ほら
つるが
まきつくところを
さがしているよ

「まつむらくん」

（亡き友へ　1961　夏休み）

まつむらくん　しんじゃったのね
まつむらくんのおかあさん　きっと　ないてるね
なかないでってって　いってね　おかあさん

まつむらくんが　てんごくに　いけますように
イエスさまの　おなまえをとおして　おねがいいたしますって
おいのりしたのよ　パパ

まつむらくんが　しゃしんで　わらっているのね　おかあさん
おせんこうあげたの　かなしくなって　おともだちと
大きなこえで　ないちゃったの

まつむらくんほんとうに　しんじゃったのね　おかんの中で
だまってわらっていたわよ　おはなを　いれてあげたの

そして　さようならって　いったのよ　パパ

まつむらくんの　いたつくえに　だれがくるの　おかあさん
さあ　だれかしらって　おかあさんが　また　なみだを
ふいているのよ　パパ

「小鳥」

（1963　1学期）

小鳥はね　なぜあんなに　とびまわるの　パパ
小鳥はね　なぜあんなに　きれいな声が出るの　パパ
小鳥はね　なぜあんなに　小さな体で動けるの　パパ
小鳥はね　なぜあんなに　よく鳴くの　パパ
小鳥はね　さみしくて　人を呼ぶのね　可哀そうよ　パパ

11

「夏」

（1963　夏休み）

あつい　すいかの季節
みんな　海や山へ　リュックをしょって　出かける
あつい　太陽の季節
みんな　汗を流す　働く事が　大変だ
あつい　いねむりの季節
みんな昼寝をする　外では太陽が　カンカンと照る

「紫」

（1967・7・30　14歳）

紫は少女の
淡い恋の色
紫は少女の
悲しい恋の色
少女は恋のむなしさを知りながら
なおも少女は紫を好む
紫は少女の色
紫は恋の色

「少女の気持ち」

（1968・1・18　15歳）

少女の気持ちは微妙
ある時はさみしさ
ある時ははかなさ
ある時はせつなさ
もし
少女の心に想う人がいるなら
その心は悲しいことがいっぱいあるだろう
そして
恋に破れたとき
少女の気持ちは絶望感だけが残るだろう
でも　いつかは
いつかは　立ちなおる時がくるだろう

14

「人はみな」

（1968・3・25　15歳）

人はみな私のことを
獣か何かのように見る
人はみな私のことを
怪物か何かのように見る
人はみな私のことを
虫けらか何かのように見る
そんな人達を見ると
逆にあわれに思う
そして
その人達を
私はけいべつしたくなる

「孤独」

（1968・4・27　15歳）

人間は昔から　孤独を愛し　心は生まれた時から
死ぬまで　いつも　孤独を味わいながら
苦しみながら　みんな生きている
そして　そのどん底にいる時　人間はにげたくなる
だが　その苦しさを　耐えていかなくてはならない
だから　私はその中で生きる
たとえ　友がくじけていても
私は友に手をさしのべ　友と長い長い道を
歩いて行くことだろう　「人生」という長い道を……

「私は知ってしまった」

（1968・9・30　16歳）

私は知ってしまった　恋というものを
私は知ってしまった　恋の苦しさを
私は知ってしまった　恋の悲しさを
私は知ってしまった　大人の醜さを
そして　知っていく中で
私は大人になっていくのかもしれない
だけど　私が大人になって
困難な事にぶつかっても　にげない！
決してにげない大人になろうと思う

「空のかなたに」

（1968・10・17　16歳）

この空のかなたに君はいる
この青い空を飛んで
君にあいたい
君はどこにいるの
僕の手のとどかぬ世界に
君はいってしまった
ああ
今一度
君にあいたい

「あの子」

（1969・5・13　16歳）

あの子はいつも明るいよ
あの子はいつもはしゃいでいるよ
時には幼い子供のようにも見える
だけど知ってるよ
あの子が一人で悩んでいるのを
あの子が一人で泣いているのを
僕は知っているよ　だれも知らないあの子の姿もね
僕は知っているよ　だれも知らないあの子の涙をね
僕は知っているよ　だれも知らないあの子の暗さをね
だけどあの子は知らない
だって僕は　こ　け　し
いつもたんすの上から　あの子を見おろしている
ただの　こ　け　しさ
だから　あの子は僕を知らない

19

僕は知っているよ
いつも夜おそくまで　動かぬ手を一生懸命動かして
何をしているのかをさ
僕は知っているよ
あの子が曲がった足を引きずりながら歩いている姿を
僕は知っているよ
はしゃいでいるあの子を
あの子を……

「もう何もしたくない」

（1969・6・7　16歳）

私はもう何もしたくない
勉強も　詩を書く事も　みんな醜く見えるんです
人の言葉　人の心　表面だけの笑顔　表面だけの友
みんないやなんです　　いやなんです

私はもう何もしたくない
私の事も　あの人を今も想っている心も
みんな考えるのがいやなんです
人の表情うかがう　そんな私の癖がいやなんです
何もかも考えるのがいやなんです
今はもう何もしたくない

「夜の果てに」

（1969・7・20　16歳）

やさしすぎる貴方だから
このまま何も書かずに行くのです

この暗い真夜中の街に　寒い風が吹いてるように
今私の心の中にも　ヒューッと風が吹きぬけ泣いていています

貴方と離れて暮らす事は　どんな事より辛いけど
私の奥の青い炎を心に隠して生きるのです

やさしすぎる貴方だから
このまま何も告げずに行くのです

愛される事を知らない私に　思いやり心で抱《つつ》んでくれた
貴方の重荷になりたくないから　この暗い夜の果てに消えて行くのです

22

やさしすぎる貴方だから
そっと愛を消して行くのです

体の不自由な　そんな私のできる事なのです

心の一ページ　2

「六月の雨」

（1981・6・24）

六月の昼下がりからしとしとと降り続く雨音を聞きながら
心の中の青い炎《ひ》をコントロール出来ない自分に苛立ちを感じる
一年前私の心の中の愛に終止符を打ったはずなのに
灰の中から燻り続けた火がまたも燃え上がるかのように
まるでそれは広く静かな海原に忽然と現れた夢の大地のように
幻想の島が色鮮やかに浮かび上がる
彼の醜さも弱さも自己顕示欲も
私の心の青い炎の前では憎しみさえも消えてしまう
一年前のあの日
「お前のような障害者との暮らしは考えられない」
「そう！　普通の人ならそうかもね」
その時の私は強がりを言いながら
逆に自分の中にある女を感じた
普通の女を……

「一人飲む酒」

（1982・3・1）

1.
一人飲む酒　悲しい酒よ
アパート暮らしの夜の部屋
背伸びして来た三年半
身体の不自由な私の意地を通した日々を思い出す
一人飲む酒　悲しい酒よ

2.
夜に飲む酒　淋しい酒よ
一人暮らしの帰る部屋
突っ張り通した三年半
やっとで始めたアパート暮らし仲間の声の重たさよ
夜に飲む酒　淋しい酒よ

悲しくたって　淋しくたって
強く　強く　生きていく　生きていく　生きていく
強く　強く　生きていく　生きていく　生きていく

「向かい風」

（1983・7・14）

今やっと独りで歩いて行けそうです
どんな強い風の中であろうと
動かぬ足を引きずりながらでも　車椅子に座りながらでも
私自身の道を一歩一歩踏みしめて歩いて行けそうです
この向かい風の中を

今やっと仲間と歩いて行けそうです
どんな狭い畦道であろうと
障害者の名を背負いながらでも　自然の冷酷な中でも
仲間達と共に一歩一歩踏みしめて歩いて行けそうです
この向かい風の中を

今独りで向かい風に向かって私は歩いて行きます

28

この向かい風の中を……

「二人だけの珍奇な引っ越し」

（1988・10・16）

段ボール箱に衣類を詰めている母の姿
ふっと　あんなに昔は動く事に精一杯の背中をしていただろうか
二人だけの引っ越し
どこの家も窓の灯が消え寝静まった夜空の下
たった二人で手動の車椅子と電動の車椅子の珍奇な引っ越し
二人とも腰が痛いと言いながら
それでも何回か往復する道のり
寝静まった夜道をカタカタと車椅子と引きずる足音響かせながら
朝まで続いた二人だけの引っ越し
これがちょっとした新たな出発なのかもしれない
ホッと一息ついた時　心の中で一言愚痴が
「親父の奴　早く逝き過ぎたよなあ……」
二人だけの珍奇な引っ越し

「涙の分だけ」

（1990・2・3）

涙の分だけ心が傷ついただけさ
君はこの白い雪の舞い散る街の何処かで笑いながら誰かと歩いているかな
俺がこんなに切なくてやるせない気持ちでいるのに
気づかずにいるだろう
何気ない笑顔にさえも君への愛しさを感じている俺のことは
伝えずにいる想いが俺の身体と心を重くしているみたいだ
そう！
君は知らなくていいさ
涙の分だけ心が傷ついただけさ

悲しい分だけ寂しさが増しただけさ
君はこの暗い夜の静寂の中で何も知らずに無邪気に眠っているかな
俺がこんなに近くの町に住んでいることも知らずにいる
誰よりも思っていることも

届かせようと思えば手の届くところにいるというのに
打ち明けられない悔しさが俺の心を重くしているみたいだ
そう！
君は気づかなくていいさ
悲しい分だけ寂しさが増しただけさ

「白い闇」

（1990・9・29）

空の色も
そぼ降る雨の色も
風の色も
鳥の囀りさえも
今の私の目にするものは
みんな真っ白になってしまった
友の笑顔が
大写しの写真のように浮かんでくるだけ
祭壇に飾られた親子の遺影
写真の中の二人は
もう何も語らず
ただ参列者に笑顔を向けているだけ
棺のなかの友の上には
薄ピンクのドレス

まるでウエディング・ベルを鳴らしながら
旅立って行くかのように
そう
もう悲しむことも苦しむこともないのだから
安らかな心の儘に母娘仲良く手を取り合って
旅立っていけるかしら
私達には白い闇だけが残ったけれど
貴方たちにはそれしか逝く道がなかったのでしょう
もう充分私達の心の中に焼きつけてしまったから
悲しむばかりが貴方たち母娘の望みではなかったはずだと
貴方達の分までこの世界でもう少し頑張ってみるわ
だから心安らかに
心安らかに……
もうじききっと
私のこの目の前にある白い霧の闇が
何時か少しずつ色を付け
闇の中にあった風景がはっきりと見渡せるようになるでしょう

今はそれを待つしか私達には出来ない
待つことしか私達には……

「優しく慰めないで」

（1990・10・2）

私の弱くなった心に
貴方の優しい声が優しく響いてくるわ
こんな時だから
尚更　沁みるのかもしれない
友の死がとてもショッキングだったから
よけいに優しく接してくれたのかもしれないけれど
でもお願いだから
そんなに優しく慰めないで欲しいの
貴方は知ってか知らずか判らないけれど
また私の気持ちが貴方へ流れてしまうじゃないの
折角私一人で
私の中で流れを止めているのに
お願いだからそんなに優しい声で慰めないで
貴方の気持ちは有り難いけれど

いつものように厳しい言葉で
毒舌をふるってくれた方がいいわ
私が髪の毛を伸ばしたのも
口惜しいけれどこの髪が伸びれば伸びるほど
貴方の心に手が届くような気がしたの
でももう伸ばすのは止めるわ
私の心が弱くなっているこんな時だから
誰にも頼ってはいけないと思うの
特に貴方にはね
貴方が重くなるだけだもの
だからお願い
そんなに優しく慰めないで

「なんだかやっぱり」

（1991・2・15）

なんだかやっぱり貴方に「愛しています」と言えませんでしたね
両手に余るほど恋をしてきたけれどその度に同じことの繰り返し
若い頃は〝障害者〟ということで一歩踏み出すことが出来なかったのよね
身体の障害のことなんて本当に好きならば言えたのかもしれない
今、こんなに歳を重ねたのだから
心臓に毛が生えるくらい強くなったと思っていたのに

相手に負担を掛けるとか、掛けないとか
そんなこと考えたり言っているようでは何も出来やしないのよね
何だかやっぱり本当じゃなかったのかもしれませんね
何時《いつ》も何時も「今度こそは」と思っているのに
とうとうまた今回も「愛しています」の一言が言えなかったのよねぇ
あーあ　意気地が無いんだから

貴方はきっと気がつかなかったのでしょうね
それとも気がついていたのかしら
気がついていたとしたら貴方はとても酷い人かもしれない
気がついていたとしたら貴方はとても悪い人かもしれない

えへへ
ついつい自分の意気地なしを棚に上げて貴方を悪者にしてしまったようね
心の中で「ごめんなさい」
今度いつ会えるか判らないけれど誰にも負けない私の〝笑顔〟で
「元気でね　さようなら」

「腹が立つ」

（1991・3・14）

腹が立つ　腹が立つ
ああ　イライラする
頭の中で思っていることが溢れ出しそう
この身体が自由に動いたら
自分が自分で嫌になっちゃう
やりたいことが五万と有るのに
思うように出来ないんだもの
腹が立つ　腹が立つ

悔しくて　悔しくて
ああ　焦っちゃう
頭の中で考えていることが空回りしている
この腰痛が無かったら
自分が自分で不甲斐無い

出たい所は五万と有るのに
思うように行けないんだもの
悔しくて　悔しくて

苦しくて　苦しくて
ああ　涙が出ちゃう
口の中で思っていることが爆発しそう
友に旨《うま》く気持ちを云《い》えたら
自分が自分で情けない
云いたいことは五万と有るのに
ちゃんと伝えられないんだもの
苦しくて　苦しくて

産まれた時から動かぬ身体を背負ってきたけど
時々分解掃除をしたくなる
ゴミを払って動くものなら
叩き壊して動くものなら

物事は簡単なんだけど
無理かな　無理だよね　そう！　無理だよね……

「ピアス」

（1991・7・2）

ちょっぴり可愛い
オレンジの玉はメノウ
紫の玉はアメジスト
緑の玉はエメラルド
真っ赤な玉はサンゴ
そして　濃いブルーはトパーズ
洒落っ気のない私の宝物
顔の横で小さく輝いてくれる
耳たぶにチョコンと載った宝物

冬の木枯《こがら》しが吹く日
誰にも言わずに　耳たぶに開けた穴
みんなを驚かせたくて
違った私を見せたくて

43

唯の小母さんになりたくなかったの
似合わないかもしれないけど
キラキラ光るピアスを付けて
街中を歩いてみたかったの
何だか本当にピアスを付けたら
浮き浮きしてくるの
少しは可愛い小母さんになったかしら
今度はどんな色の石を探そうかしら

「そよ風」

（1992・10・13）

そよ風のような
優しさがあれば
何時でも微笑むことが出来る

そよ風のような
幸せがあれば
友と心を分かつことが出来る

そよ風のような
涙があれば
何処ででも人を思いやることが出来る

だから
ほんの少し秋の侘しさを今は感じていたい

この青空と爽やかな空気の中で……

「困った髪の毛」

（1993・4・17）

毎日必ず一回は髪をとくのに
また今朝も畳一面に髪の毛が落ちている
こんなに抜けていいのだろうか
何時か禿げるのではないだろうか

ちょっと頭を掻いただけでやっぱり十本ぐらい抜ける
また母に叱られるだろうなあ
「掃除が大変よ」案の定言われてしまった
ほんの一寸触れただけなのに
どうして　どうして　どうして嫌になっちゃうなあ

ああ今朝も目が覚めたら枕にいっぱい髪の毛
ちゃんと集めて屑籠へ始末しなきゃ
母は玄関で髪をとかせと言うけれど

47

玄関だと狭くてあっちこっち体をぶつけてしまうのになあ
どうしてこんなに抜けるのだろう　引っ張るせいかな
座っているだけでも抜けるものね
私にはどうすることも出来ない
困った髪の毛

「心の色」

（1993・6・3）

青い色は心の涙色
赤い色は心の炎色
その二つの色を合わせたら私の心の色
紫はそんな私の心の色
悲しみと情熱を合わせた色
切なさも侘しさも合わせた色

紫は私の色
だからお願い
貴方も同じ色になって欲しいの
私と同じ紫色に
今の私は淡い青みをおびたラベンダー色だから

郵便はがき

恐縮ですが
切手を貼っ
てお出しく
ださい

1 6 0 - 0 0 2 2

東京都新宿区
新宿 1－10－1
(株) 文芸社
ご愛読者カード係行

書　名				
お買上 書店名	都道 府県　　市区 郡　　書店			
ふりがな お名前			大正 昭和 平成　年生　歳	
ふりがな ご住所	□□□-□□□□		性別 男・女	
お電話 番　号	（書籍ご注文の際に必要です）	ご職業		

お買い求めの動機
1. 書店店頭で見て　2. 小社の目録を見て　3. 人にすすめられて
4. 新聞広告、雑誌記事、書評を見て（新聞、雑誌名　　　　）

上の質問に 1. と答えられた方の直接的な動機
1. タイトル　2. 著者　3. 目次　4. カバーデザイン　5. 帯　6. その他（　　　）

ご購読新聞　　新聞	ご購読雑誌

文芸社の本をお買い求めいただき誠にありがとうございます。
この愛読者カードは今後の小社出版の企画およびイベント等の資料として役立たせていただきます。

本書についてのご意見、ご感想をお聞かせください。

①　内容について

②　カバー、タイトルについて

今後、とりあげてほしいテーマを掲げてください。

最近読んでおもしろかった本と、その理由をお聞かせください。

ご自分の研究成果やお考えを出版してみたいというお気持ちはありますか。

ある　　ない　　内容・テーマ（　　　　）

「ある」場合、小社から出版のご案内を希望されますか。

する　　しない

ご協力ありがとうございました。

〈ブックサービスのご案内〉

小社書籍の直接販売を料金着払いの宅急便サービスにて承っております。ご購入希望がございましたら下の欄に書名と冊数をお書きの上ご返送ください。　（送料１回210円）

ご注文書名	冊数	ご注文書名	冊数
	冊		冊
	冊		冊

「颪」

（1996・8・6）

颪が頬を優しく撫でていく
いつもの見慣れた公園のベンチに一人
生きている素晴らしさを改めて味わう
死に行こうとしている今になって
死への恐怖
慰めるかのような木漏れ日
葉をなびかせるそよ颪
子供たちの歓声
颪は私の心の淀みを知っているかのように
優しげに吹く
緑の葉を揺らしながら……

「光の中で」

（1997・12・20）

母と二人のクリスマス
一羽の丸焼きの鳥と　シャンパンの香り
二人で交わすプレゼント交換
十七年間続いたクリスマスイブの恒例行事
今年は介助の人と仲間たちと迎えるクリスマスイブ
賑やかに笑ったり話したり
夜中まで続いたクリスマスイブのパーティー
みんなの笑顔がキラキラ輝いて
私のことを一生懸命励ましてくれている

母と二人のお正月
二人でおめでとうを言い合って
静かに酒を酌み交わしテレビを見ては
寝たいときに寝る寝正月

51

十七年間続いた静かでゆっくりした正月
今年の正月は介助の人と仲間たちと迎える正月
きっとお風呂に入って笑いながら迎える正月
一生懸命私とこれからの生活を考えてくれている人たち
来る年はきっといいことがあるわね

「季節のなかで」

（1996・10・21）

私の心は昔のまま変わらないのに
葉は黄色く色づき周りの風景は移り変わる
幼いころ眠りから覚めてもまだ夢を見ている錯覚を感じていた
大人になった今も　現実の中でさえ夢の中にいる
出会いと別れ　何人の人と繰り返したのだろう
齢の積み重ね　それが私に変貌を与えたというのか
私は何も変わりはしない
そう！
変わりはしない

「けじめ」

（1998・1・11）

一人は慣れている筈だったけれど
一人で暮らすことも苦にはならないと思っていたけれど
心まで一人になると思ってはいなかったの
若い頃は好き勝手なことが出来ると思っていたし
一人でいることが好きだった
でも　歳を重ねた今
心の中の貴方とお別れをしなければならないのね
何時かきっと来るとは思っていたけれど
何時かきっと自分の心にケジメをつけなければとは思っていたけれど
今私自身の意志でそのケジメをつけるなんて
良い機会だったのかもしれない
これからは母とも別々に
貴方とも別々に生きて行かなければね
今頃貴方は何を考えているのかしら

私はこれから再出発をしていくわ
風の便りに何か私のことを聞いたら
せめて遠くから応援くらいはしてよね
応援くらいは……

「煙草」

（1998・2・1）

ちょっと一服の時
あの人は自分の煙草に火を灯《つ》ける
ついでに私にも煙草を銜《くわ》えさせて火を灯けていた
その時のライターの炎の揺れが
まるで私の心の揺れのように常に感じていたっけ
今、煙草を吸うたびに
銜えさせてくれる手も
ライターの炎の揺れも
あの時と違う
今、煙草を吸うたびに
吐き出す煙の中であの人の面影が徐々に消えていく
煙を吐くたびに思い出が薄れていく
この煙が薄れていくように
この煙草の煙が……

「バレンタイン・デー」

（1998・2・14）

去年まで貴方にあげていたウィスキーボンボンを
今年は誰にも渡せなくて
私の手元にとうとう残ってしまった
だから
街角で買わなければ良いのに
貴方はきっと言うでしょうね
以前と同じ接し方で
以前と同じ話し方で
二人とも何事も無かったように付き合っているなんて
私自身の中で
「それで良いの？」という声が聞こえる
「これで良いのよ」ともう一人の私が答えている
「本当にそれで良いの？　何か変よ」
「いいえ　本当にこれで良かったのよ」

57

私の中の二人が勝手に問い掛け合い争い合っている
自分で自分の心が解らなくなっているのかもしれない
手のひらに残ったチョコレートボンボンの包みが
まるで私の心に重く問い掛けてくるように
バレンタイン・デーなんて無ければ良いのに
バレンタイン・デーなんて……

「想いの丈」

（1998・2・16）

割り切ったと思っていたのに
黒い雲が少しずつ湧き上がり
青空を覆い尽くし厚さを増していくように
私の中で以前よりもあの人への想いが
どんどん広がり　どんどん深くなっていく
何の拘《こだわ》りも無く表向きは接しているけれど
何でこんなに想いが深く濃さを増していくのだろう
この私の中で膨れ上がっていく想いの丈を
どう止めてどう静めていったら良いのだろう
何時か霧散して何も彼《か》も無くなってしまうのだろうか
それともあの六年前と同じに
あの人の優しさというクリスタルの破片の凶器が
また私の心に突き刺さるのだろうか
だからお願い誰も優しい言葉も慰めも何もしないで

今はそっと一人にしておいて　そっと一人に……

「雨雪《みぞれ》」

（1998・3・1）

外は雨というより雨雪《みぞれ》が降り続いている
何時止むのか知れない
まるで私の心の中に降り続く雨雪のように
実際には涙なんかちっとも出ないのに
何だか心の中だけが泣き虫になったみたい
私は強い女でも
頼りになる親友でも
何でもないのに

※「雨雪《みぞれ》」は、私自身が完全にあて字として使いたかった漢字です。その時の空模様を表したかったのです。
また、次にくる詩が「雪解け」ですので、よけいにそう感じたのです。

「雪解け」

（１９９８・３・２）

春の嵐のような雨雪《みぞれ》が止んで
雪解けの雫が頬に冷たく当たる
日差しはまるで春を思わせ沈丁花も咲きはじめ
人の服装もすっかり春らしいというのに
私の心の雪解けは何時かしら
未だ未だ冬籠もりを続けている
テレビの上のお雛様も私の心の雪解けを待っているというのに
待って……

「毒」

（1998・3・8）

優しさって何
貴方の優しさって
本当の優しさなのかしら
何を思って私に接しようとしているの
なまじ思いやりを示そうとして
それが私には毒になっているのに
優しいなら　優しい言葉で
冷たいなら　冷たい言葉で
中途半端は良くないわ
貴方の言葉は　貴方の態度は
私の心に傷を付けているだけ
ガラスの破片が突き刺さり数を増していくだけ
重荷なら　重荷だと
冷たいなら　冷たく

63

優しいなら　優しく
ハッキリと貴方の気持ちを示して欲しいわ
中途半端な態度や言葉は
今の私には毒にしかならない
毒にしか……

「時の流れに」

（１９９８・４・17）

時の流れに乗って
思い出も　悲しみも
淋しさも　恨みも　苦しみさえも
心の何処かで楽しさに変わってしまった
四十路を越えて
まだ　苦しい事や
悲しい事が多いだろうけど
昔ほど背伸びもしないし
意地も張ってない自分がそこにいる
そんな自分がちょっと愛しくって
認めたくなる
今だって失恋をしたりしているけど
一人暮らしになって淋しいはずなのに
私を支えてくれている仲間の顔を思い出せば

65

昔ほど悲しくも辛くもない
二十代のあの頃よりも
状況は切羽詰まったものになったけど
ゆっくりと　ゆったりと
気楽に生きて行けるのではないかしら
時の流れがきっとあの人を忘れさせ
いや　吹っ切ってくれるかもしれない
この時の流れが私を変えて……

66

「暑い日差しの中で」

（1998・7・19）

暑い日差しの中で
ふっと去年はどうだったかしらと思う
母と二人で一日中気楽に過ごしていた
今年は二十四時間介助の人と一緒
多くの人に支えられている自分
本当を言えばこの八ヶ月間不思議でもあり
また少し人と過ごす事に疲れてきている
疲れたと言えば
折角介助に入ってくれている人に悪いのだけど
それにこの八ヶ月間という間
私の人生で最も目まぐるしく日数が過ぎてしまった
二次障害や更年期障害で休んでいる日も多かったけど
それでも何故か早く過ぎ去った八ヶ月間
母はあんなに元気になったのに

私は何も変わっちゃいない
一人暮らしのための書類に追われ
手続きに追われているだけ
恋もする時間がない
今は体の調子が悪いけど
多くの人の支えでこれまでやって来れたから
これからもやっていける自信と意欲は持てるし捨てない
まだまだ　大人になりきれず弱い自分があるけれど
前を向いて　前に向かって歩いていくつもり
色んな人の力を借りて
色んな人の支えを基に……

「心の何処かで」

（1998・7・19）

この世の中で思いっきり誰かに愛されたら
どんなに幸福感に浸れるだろうと思うのは俺の我が儘か
愛されることを知らずに育った俺の夢なのか
いつも感じていたあの疑問は何だったのか
おまえを送ったあの帰り道で感じた疑問は
おまえにとって俺は一体何なのかと
おまえの心に問い掛けていた毎日
俺はおまえの心の中に生きていたのかと
あの別れの日から五年が経つけど
今も俺の心には何処かでおまえが生き続けている
俺の心の何処かで

「私も女」

（1998・8・9）

若い頃
「人間関係って色々有るんだね」と言葉だけで言ってきた私が
今は何だか違う
理屈では両親だって男としてだったり女としてだったりと思っていた
そして今私自身が女として生きたい
身体に障害がなかったら
いや障害があっても男の人に抱《いだ》かれたいと思う
そんな欲求が私の中で沸々と静かに湧き上がってくる
亡くなった父が私の知らない所で家族を持ち
私の兄弟がこの世の何処かで生きている
幸か不幸かは知らないけれど
私だって強く生きて行きたいし女でありたい
何時か誰かに抱かれたいと思う
ある一時期はそれが愛情が持てない人でも良いとさえ思えた

だけどやっぱり愛が無いと駄目だった
好きな人じゃなければ
私の障害を理解してもらわなければ
恰好が悪いこともね
あらためて私も女なのだと愛しくなる
今強く　今切に思うのは
私の命の果てるその前に
あの人にたとえ嫌われてしまっても
抱かれたいと願っている
たった一度で良いの甘やかな時間を下さい
たった一生に一度で良い
この私にあの人の時間を……

「この海の青さは」

（１９９８・９・４）

この海の青さは毎年違う顔を私に見せてくれる
同じ広くて青いのに
くすんだ青や地平線まで透き通る青緑色や
まるで死んだような灰色掛かった青や
私の心を見透かしたような
濃いグリーン掛かった青を見せてくれる
何時も失恋した時しか行かない海辺に今年も波打ち際まで来たけど
一体今年は何と譬《たと》えたら良い青なのだろう
何時ものように広く　何時ものように大きい海なのに
重く私の心に伸し掛かるような
青というよりは新緑の青で迎えた
海を見ていると　その海はまるで私の耳に問い掛けてくるように
「お前達は小さな人間ではないか何をクヨクヨ悩んでいるのか」と
何時もなら勇気づけられるこの言葉に加えて

今年は違う誘いの言葉が聞こえていた
「水はそんなに優しくはないよ　時には人間を呑み込み死に至らしめる
でも本当の水の心を知りたいなら一度触れてご覧　飛び込んでご覧
それが出来ないなら今日はお帰り」と
海が私を拒絶した
あんなに心を癒し受け入れてくれた青い海が
今は私を受け入れようとはしない
何故なの　海でさえも広い心が無くなったというの
海と空の継ぎ目さえも無くなったように私に伸し掛かる
風さえも今は優しく頬を撫でてはくれない
恰《あたか》も　海も空も色も風も私に試練の時を知らせるように
私の心に厳しく冷たく激しく波を打ち寄せてくる
ああ　きれいな海の青が見たい　広い海が見たい
地平線を隔てて青い空と白い雲が見たい
お願いだから私に微風よ吹いておくれ
そして今の私を励ましておくれ
今必要なのはただの安らぎだけ　その安らぎすら許されないのか

立ち止まるなと　前に向かっていけと
江ノ島の海岸までも私を見捨てるのか
ウィンドサーファーの三角の帆だけが楽しげに走る
三角の帆だけが……

「甘え」

（1998・9・27）

私だって多少は人に甘えてきた
でも若い頃から意地を張ってきた私
何処かで最後の最後は甘えきれないのに
貴方に私から「来て」と言う時は
私の身体が辛くって　私の心が切なくて
最終的な所まで来てしまったからこそ貴方に来て欲しかった
今まで言えなかったその言葉を言えた時
やっと初めて友達や親友に思えたの
なかなか言えなかった言葉が言えたのよ
貴方は分かってくれたの　それともただの甘えだと思っていた
他の人には甘えられても好きだと思う貴方には甘えられなかった
友達だと思えるようになったから甘えられるの
貴方だってそう思わないかしら
確かに私が貴方を嫌いになった訳でもないけど

でもそれは友達として親友として良き相談相手としてなの
そう！　まだ私が貴方を好きな事は確かね
だからついつい身体が辛くなると来て欲しくなってしまう
本当は顔が見たかっただけかもしれない
なのに　貴方の方が何か拘《こだわ》りを持っているみたい
拘りを持たせている私が悪いのかしら
私に貴方を誤解させる態度があるのかしら
確かに貴方との新たな人間関係や恋が生まれる事を願っているかも
貴方と一からの出直しを
それには余りにも永く二人とも付き合い過ぎたのよ
その割には私は貴方の事を何も知らず分かっていないと今は思える
貴方もきっと本当の私を知らないと思うわ
これからは私も貴方を知っているつもりにはならない
だから貴方も知らない私を見つけて欲しいの
決してお互いに分かったつもりになってはいけないのよ
決して分かったつもりには……

「新しい部屋」

（1998・10・25）

新しい部屋　南向きの窓
日当たりのいい明るい部屋
六階の窓からみえる風景はもうすっかり秋の風景
木々の葉は色づき人々は冬仕度を始める
新しい場所に来れば私も何か新たな事が始められる気がして
だけど貴方への想いは変わらない
腰痛が酷ければ酷いほど他の事に心が向かない
十ヶ月前貴方への想いに決着をつけた筈なのに
新たな土地へ来れば
想いも　憾みも　何処か遠い昔に置き去りに出来た筈なのに
心の隅でやはりどうしても貴方に一人の女として見て欲しい
やはりどうしてもただの友達にはなれない
齢を重ねたのだから落ち着いても良い頃よね
でも　やはり貴方と話をしているとずっと会っていたい気持ちになるの

貴方の胸に飛び込んで泣きじゃくる程若くはないと思うけど
貴方を男の人として見てしまう
私を女として見て欲しい
女として……

「有りのままに」

（１９９９・２・６）

私にとって生きることって何だったのだろうか
若い頃は苦しいことや寂しいことや哀しいことが
逆に生きる証だったかもしれない
だからこそ嬉しいこと楽しいことが多かったのよね
そして意地を張ることも背伸びをすることも私には生きる証
少しは齢を取った所為《せい》なのかしら
もっと違う意味で有りのままに生きることが
楽に楽しく生きる証なのかもしれない
身体の傷《いた》みが若い頃より多いから　それに疼きも強いから
余計にそう思うのかしら
歳を取るほど本当の苦しさって何なのかかえって解らなくなる
今は大して苦しくも悲しくも別に寂しくもない
あの人を十年間想って良かったと思える
振られて恨んで良い筈の人だけど

恨んでもいないし悔やんでもいない
かえってあの人は優しく私を気にして居てくれている
今まで通り良い親友　良い大人の関係
まあ時々はあの人の気持ちが解らなくなるけど
それはそれで良いじゃない気遣ってくれないよりは
死ぬことも生きることもなるようになるさ有りのままに
今の私にはそれで良いのよ
昔の夢は追わなくてもう良いのよ有りのままで
この世の中で生きていればそれで良いのよ
有りのままにそれで……

「手術」（1999・3・23）

この染みるような痛さもミミズみたいな天井の模様も
筋肉痛で辛かったことも何時か良い思い出に変わるかしら
医師《せんせい》に憎まれ口を言われて「ボケるなよ」ということも
きっと医者も患者も良い思い出に残るわね
何時か笑ってあの時は「酷かったなあ」と微笑むことが出来るかしら
CP《脳性マヒ》で腰が悪い例がないから
きっと悪い実例にも良い実例にもなるわね
一回の手術で成功させて帰りたいわ
絶対一回で……

「空模様」

（1999・5・11）

あの白い雲の塊を病室の窓から見ていると
テレビのビデオの早送りを見ているようで
まるで何かに追われているように流れていく
今は苦しいギブスを嵌めている私の病院生活が
あの雲のように走り去って欲しい
そして何時か青空が見えてくるように
清々とした気持ちでギブスも取れて
退院できる日が早く来れば良いのにと思う
何時か退院の日が来ることは解っているけど
何時かあの空も青空になることは解っているけど
今は未だ空も厚い雲ばかり
私の日々もギブスで身体を締めつけられてることばかり
病室の窓は限られた空間
私の入院生活も限られた日数だけ

何処も限られた時の流れ　人の人生も限られた時の流れ
そう！
時の流れ　限りある人生の中でほんの一瞬のこと
限りある時の流れの中で……

「風の音」

（1999・5・1）

今夜の風は強すぎて
窓を叩く音がまるで打ち寄せる波の音
確かにここは海の近くだけど
波の音は全く聞こえない筈なのに
この強い風が波の音を運んで来ているみたい
毎年寂しかったり悲しかったり失恋すると
態々《わざわざ》海に行っては波の音を聞くのだけど
今年は特別そうしなくて良さそうね
この病室にいながらにして窓の外の風が波を運んで来てくれるから
あの人の愛も運んで来てくれると良いのだけど
あの人の愛も……

「ありがとう」

（1999・6・28）

短い間だったけど今別れの時に
在りきたりの言葉だけど　ありがとうあなた
あなたを本当に少しでも愛せたことが私には一生の喜びだった
たった四ヶ月間の中で心温まる優しさや厳しさで思い出をくれた
私をとても成長させてくれたあなた　ありがとうあなた
それが本当の意味での愛情だと思うから
そう！　人間的愛情だと思うから
素晴らしい出会いだったのよ
とても素晴らしい……

85

「霧散」

（1999・10・12）

砕け散る想い　砕け散る怒り　砕け散る喜び　砕け散る切なさ
砕け散る淋しさ　砕け散る安らぎ　そして　砕け散る愛
何も彼も　何も彼も　霧のように散ってしまえば良いのよ
私の心の中なんて　女であることも無駄よ
優しさも　思いやりも　何も彼も　私には無いものなのだから
親に対しても　ましてや他人に対してだって愛することなんて無いのだから
本当に愛してきたのは体に欠陥を持った私だけなのだから
誰かを愛したと思っても結局は私自身しか愛してはこなかったのよね
身勝手な理屈を付けて普通じゃない身体だからと言っては
自分が可愛かっただけ
あんたを愛したつもりで一片の愛情も思いやりも無かったのよね
あんたと離れてみてやっと解ったわ
私は誰も愛しちゃいない　誰も頼ってなんかいない

ただ頼っているように　愛しているように　思い込んでただけ
そう！　今だからこそ誰かに頼って　誰かに寄り添って
誰かと愛し合って生きて行くべきだったのかもしれない
やっと今気がついたことだけどそれがあんただったかもしれない
でも一瞬の差で違う方向へ行ってしまったわね
今私の心が砕け散ってそれこそ霧のように世の中を埋め尽くしている
これからその霧が何処へ落ちて行くのかどんな人の心に受け止められるか
もうその時には私の心で有って私の心では無くなるの
あんたを愛した私でも　その事で逃げて行きたかったあんたでも
もう関係が無くなる　霧の世界の話
霧の世界の……

「今年の秋」

（1999・10・17）

秋の訪れを告げる雷と大雨が降り続いています
秋は淋しいものだと人は言うけど
いつもの秋ならば淋しいと思わなかった
でもそんな私が今年の秋は違うみたいね
出会いがあれば別れが必ず有るものね
解っていたこと私の長い人生の中で
今秋はその別れがこんなにも重なるなんて
ただの別れならまた何時か出会える
そして縁が絆《つな》がる
縁の糸がプッツリと切れてしまう別れ
突然友が何人かこの世を去り出会いの糸が切れてしまった
生きていれば　生きてさえいればまた会える
そこから緑色の糸の縁が絆がる
もしかしたらその緑色の糸が赤い糸に変わるかもしれない

今年の秋は何本の糸が切れてしまったのだろう
手術をして亡くなるかもしれなかった私が生き残り
皮肉なことに生きなくてはいけない人が亡くなってしまった
時の流れの中で私にはどうすることも出来ないのでしょうか
いいえ！　出来る事はただ一つ
その人達の出来なかったことまでその人達の代わりにやることね
そして強く生きて行くことかしら
その人達との縁を絆いで行きたいから
人の縁の絆《きずな》を……

「冬籠もり」

（1999・10・21）

また今年も秋が訪れたのですね
日が暮れるのが早くって
日暮れの空は薄い茜色と灰色と
そしてブルーの色が徐々に濃くなっていく
たった二十分の間で全くの夜空に変わってしまうのですね
恰も私の心変わりを表すかのように
夜はよく冬に譬えられるけど
そろそろ私も冬籠もりしなくてはいけないかも
今は未だ心が茜色に染まり少しだけ痛いけど
心の傷の炎症も後暫くすれば癒される
そう！　また私の冬籠もりが始まる
星のきらめきさえも届かないくらい
硬い殻を作って誰にも邪魔されたくないから
誰にも……

「流転」

（1999・10・24）

食卓の上で今　奇麗な黄色い菊の花が
私に誇らしげに咲いています
本当の自分　私の本当の愛　本当の私の心
今不思議なほど　同時に二人の人に向かって行っています
一人は一瞬にして燃え上がる愛
一人はくすぶって燃えている愛
それぞれどちらの愛も本当なのです　嘘ではないのです
今まで人を愛することを重ねてきた私なのです
その一つ一つの恋が決して嘘ではなかったのです
それぞれの良さや悪さや個性を愛してきたのです
過去一人の人しかその時その時愛してきてはいなかったのに
今私は二人の人のそれぞれを愛しているような気がします
何方を愛しているのかと聞かれれば同じ位なのです
何方に対しても胸に切なく感じる思いは同じです

その人達の心が欲しいと愛が欲しいと思えるのです
もし　それが嘘であったりいけないことだと言われれば
本当の意味で私は何方も愛してはいなかったのでしょう
でも　今この切なく胸の奥で燃えている思いは何なのでしょうか
誰が何と言おうと私の心の中で沸々と生きている想いは本当なのです
まるでマグマが地球の底で燃えているように
私の心の底の底で炎が消えてくれません
消そうとすればする程
私自身が溶けて消えてしまいそうです
その怒濤に飲み込まれてしまいそうです
笑顔の優しいあの人も
餓鬼っぽいあいつも愛したことには変わりないのです
決して本物の恋だったかどうか幻だったかもしれません
今の私にはまだ分からないことなのです
それでもそれぞれ私だけを見つめて欲しかったし好きだったのは確かです
そう！　私一人の人であって欲しかったのです
私一人の人で……

「心の一ページ」

（2001・4・10）

心の一ページを開くと
そこには
その時代の私に出会う
今の私と違って
若さと
苦しさと
悲しみと
そしてはしゃいでいる私に出会う
その時々の呟きと
叫びとよろこびと
切ないまでの思いに
ワープしてしまった私がいる
少しずつ思い方も感じ方も変わってきたというのに
やっぱり

心の一ページを開くと
その時々にもどっている私
不思議なものですね
そんな心の一ページ

あとがき

私が幼かった頃、一番嫌いなことと言えば文章を書くことだった。両親や養護学校の先生に「お前は障害者だから、将来的に自分の意志を伝えることとして必ず文章を書くことが必要だから、今のうちから訓練しておけ」と言われ続けた。人から言われれば言われるほど、私は書くことから遠ざかって行きたい気持ちでいっぱいだった。

そんな私なのに、小学校高学年の頃から本当の意味で文章を綴っていくことが日課のように思えてきたのが不思議なくらいだった。何がきっかけだったのかは私自身もよく覚えていない。多少覚えていることと言えば、兄弟のいない私が両親や先生たちに対して不満や反発心など口では言えないことが多く、そこから言葉を綴っていくことが一番近道だと気がついたからではないだろうか。

昔にくらべれば一般的に障害者も地域のなかで暮らしやすく、生きやすくなって来たと思えるが、やっぱりどこかで生きにくく感じることも多い。

心の中にそれだけいろいろなものを感じているのである。そんななかで、その時々に感じたものを声に出して話すよりも、文字として綴っていくことが人に対して伝わりやすいもののように思う。結果的に私が一番苦手だった文章書きに本当になりたいなあと思ったのは、そんなちょっとずるい気持ちがきっかけだったように思う。

それが三十年前だったのか二十五年前だったのかはわからないが、確実にその頃からの夢は決して忘れてはいない。どんなに年をとっても少しずつでも書くことは続けて行こうと思っている。

今回このような詩集を形あるものにできたことは文芸社の出版企画の方々、編集の山本孝子さんに対して深く感謝すると共に敬意を表したいと思う。

2003・11・10

著者プロフィール

郷 流離（ごう さすらい）

1952年８月、東京都大田区で７ヶ月の早産児にて出生。

1960年４月、１年間の就学休与の後、都立光明養護学校入学。

1975年６月、在学独学の後、世田谷区梅丘実習ホームへ通所。

1978年８月、友と介助を入れた共同生活を始める。

1980年10月、父急死のためアパート暮らしを断念。母とふたり暮らしに入り、障害者地域活動に励む。

1997年11月、母、軽度の蜘蛛膜下出血で倒れる。

1998年９月、今まで住み慣れた世田谷区松原から、区内世田谷に転居。二次障害の腰痛悪化。

1999年２月、腰痛悪化のため、横浜南病院入院。

1999年３月、腰椎の手術を受ける。

1999年７月、術後の経過よく、無事退院。

2001年４月、乖離性大動脈瘤で入院、手術。

2001年６月、無事退院。

2002年９月、頚椎の手術のため入院。

2002年11月、無事退院。現在に至る。

心の一ページ

2004年1月15日　初版第１刷発行

著　者　郷　流離
発行者　瓜谷 綱延
発行所　株式会社文芸社
〒160-0022 東京都新宿区新宿１－10－１
電話 03-5369-3060（編集）
03-5369-2299（販売）

印刷所　東洋経済印刷株式会社

ISBN4-8355-6772-2 C0092